給史努比的信

林良 著

薛慧瑩 繪

目錄

介紹《給史努比的信》
——林良爺爺寫給小朋友的序

親愛的小朋友，很高興你現在已經是這本書的讀者了。你拿起這本書，最想知道的第一件事，一定是這本書的書名為什麼叫《給史努比的信》。「史努比」是誰，為什麼給他寫信？

寫信的人又是誰？

現在我告訴你，「史努比」是我家養的一隻狗的名字，寫信的人是我。我給牠寫信，是因為我有些話要告訴牠。我又不會說「狗話」，只好寫信。寫信牠看得懂嗎？我不知道，但是至少我把我想說的話都說了，心裡多少舒服一點。

史努比本來是一隻被人丟棄在巷子裡的娃娃狗，整夜啼哭，非常可憐。後來我們收養了牠，我的孩子要我為牠命名。我想起美國漫畫家「舒爾茲」畫過一隻小獵犬，小獵犬的名字就叫作「史努比」，名氣很大。所以我就說：「叫牠史努比吧。」這就是牠名字的由來。

我們收養牠的那一天是五月五日，所以我們就拿五月五日當作史努比的生日。我寫那封信，就是要告訴牠，我們每年的五月五日要幫牠過生日的好消息。當然，我還跟牠說了許多別的事情。說了些什麼，你只要讀懂這本書中的那篇〈給史努比的信〉就知道了。

三十多年前，我曾經寫了一本散文集《小方舟》。「小方舟」這個書名，來自基督徒所讀的《聖經》第一篇〈創世紀〉。「方舟」是一艘箱形的船，裡面住滿了全世界的各種動物，每樣都是兩隻，一公一母。這些動物住在裡面，是為了逃避洪水。

我的那本散文集，寫的是我家養過的各種小動物的事情，所以我就把那本散文集命名為「小方舟」，意思是說我家動物多，就像一艘「方舟」，只是小一點罷了。

這本《小方舟》現在交由麥田出版社經營。考慮到《小方舟》是為大人寫的一本書，少年讀者也許沒機會讀到，實在可惜。

因此，出版社決定選出《小方舟》裡有趣的篇章，增加插圖，讓少年讀者也有機會讀到。

現在這本《給史努比的信》所收的文章，都是由《小方舟》精選出來。書中所談到的許多關於動物的有趣事情，少年讀者也都有機會讀到了。

一本新書的出版，都要有一篇序，介紹這本書的性質。前面一些話，就算是我為這本新書所寫的序了。

親愛的小朋友，祝你們閱讀快樂！

史努比的小主人有話說——瑋瑋寫給小朋友的序

文／林　瑋
國語日報主編、中華民國兒童文學協會常務理事

「史努比」是一隻狗，有對深咖啡色眼睛、深咖啡色鼻子，尾巴總是有精神的向上捲翹。

牠身上的毛大衣，就像加了很多牛奶的拿鐵那麼「好喝」。我常

把臉埋在牠脖子後面的毛叢磨蹭，幾乎想咬牠一口……實在太喜歡牠啦！

小貝比時候的史努比沒有家，牠在小巷裡哀戚的啼哭，淚眼迷濛中遇上誰善意的招呼，就會乖巧的跟著走。

這團毛茸茸、淡咖啡色的小毛球，就這樣順利的跟著我走到家，大門一開，牠搖搖擺擺進了門，窩在角落，馬上疲累的睡著。這麼可愛的小傢伙，讓爸媽不忍拒絕，同意收留了牠，牠馬上成為我家「動物園」裡受寵的明星，而寵牠的，當然就是我這個小主人！

史努比漸漸長大了，牠非常聰明且善解人意，每天，當媽媽去倒垃圾，門一開牠就會早一步出去，搖晃著小尾巴領頭走向垃圾車。等媽媽倒完垃圾回到門邊掏鑰匙，牠蓄勢待發等著，門一開就扭身鑽進來，和媽媽非常有默契。

史努比很會撒嬌，愛人家抱，討人高興時，耳朵會尖尖豎著，當你伸手，牠的耳朵立刻馴服的準備後貼。假如把牠放在高腳凳上，牠一害怕，耳朵就會向前伸。牠的耳朵好像會「說話」，看耳朵的方向，就知道當下的心情。

這隻狗很愛笑，會熱烈迎接家人歸來，跳著旋轉舞抱人家腿，並且邊笑邊哈氣，像在跳自創的「歡迎草裙舞」。

除了史努比，爸爸還在這本書裡寫了好多我的「動物朋友」，我對史努比、「金魚一號」、「金魚二號」、小黑貓、白紋鳥、兩隻巴西龜、一大盒蠶寶寶的印象都很深，牠們不能算是家庭寵物，而是陪我一起長大的友伴。尤其是史努比，不管隔了多少年，想起牠，就會想起那對發亮的深咖啡色眼睛，彼此凝視時就知道牠懂我的心！

《給史努比的信》總共有十篇，它是從一九九八年麥田出版的《小方舟》裡，挑出最有趣、適合兒童看的「動物故事」集結而成，從一九九八年算到二〇一九年剛好滿二十年。若是從好書出版社第一次出版《小方舟》的年份（一九八七年）算起，則是超過三十週年了。

知道小麥田出版社將改版《給史努比的信》，我非常開心，更感謝有機會在書裡分享我對「史努比」的記憶，就像懷念老朋友，願意說說牠的「偉大事跡」，願意再次在記憶裡擁抱牠，同時也願意為這樣超越物種的情誼做見證，祝福每個小朋友，都能在童年享受這種真摯的情誼，擁有自己的「動物朋友」！

給史努比的信

史努比：

「汪汪，汪汪汪，汪，汪汪」——算了，我不會用你的語言寫信，還是用我的語言來寫方便些。

你看到這封信，一定會很不安，以為你無心犯了什麼嚴重的過失，所以你的主人要給你一個「書面的警告」。你放心。我寫這封信，只不過是覺得我太自私，太冷落了你，所以忍不住提起筆來，想跟你談談。同時，我還想告訴你一個好消息。

這消息跟你有關，是我們大家最近所做的一個決定。這決定，已經正式列入紀錄——用正楷寫在家庭記事冊裡。

瑋瑋說的：「這件事，就由爸爸正式通知牠吧。」為了要「正式」，當然就要寫在紙上。這是你不懂的。在人類社會裡，有許多叫作「正式」的東西，意思就是「寫在紙上」。如果不寫在紙上，就不能算「正式」。

我要通知你什麼？你先別急。等一下我自然會告訴你。

你是一隻寂寞的狗。我的意思是說，你不幸生活在一個「忙碌的世紀」的「忙碌的社會」的「忙碌的家庭」裡。我們這個家，給你的印象一定非常惡劣。每個人一回到家裡就忙個不停。每個人永遠是「經過」你身邊，從來沒有「專程去看看你」那回事。養魚的人看魚，養鳥的人看鳥。我們養狗，偏偏不看狗。我們是一列電聯車，把你當成不值得一停的小站。

不過，我希望你不要為這件事感到憤慨。你並不是家裡唯一的動物。你是「唯四」，瑋瑋說的。除了你以外，家裡還有一對白鳥。我們常常把那一對白鳥餓得大吵大鬧，高聲喊叫「反飢餓」。聽到牠們的叫聲，走近去看，才知道鳥食不知道在哪一天早已經吃完。

小烏龜是「沉默的少數」，神聖的「自然法則」不賦與牠發達的聲帶。地球上從來沒發生過「烏龜餓得大叫」這種事——如果不是這樣，那情形一定十分恐怖。

在飲食方面，我們對你已經相當盡心。「媽媽」每天供應你三餐——至少也有兩餐，你喝自來水用的那個水盆，每餐必定洗得乾乾淨淨，讓你能「放心飲用清潔的水」——除非你自己在那水盆裡洗腳，糊里糊塗的飲用自己的洗腳水。

你應該原諒我們。我們過的是忙碌的日子。明明知道你受委屈，但是我們實在沒有時間坐在你面前欣賞你像欣賞一隻白孔雀，儘管你恰巧也是白的。

你的事情並不少，例如洗澡，就足夠把瑋瑋忙壞了。她這個住校生，星期天回到家裡，很難消消停停的度個假，不能少的一件工作就是用溫水給你洗澡，給你塗抹除蚤藥粉，這累人的工作，她已經覺得吃力了。目前的趨勢，是由琪琪來接替。我當然也有責任。不過，我常常忙得每天只有時間洗「一個澡」。你說我應該洗誰？我，還是你？

我不是抱怨，我只是向你解釋。我也沒有嫌你是個包袱的意思。你對這個家當然有很大的貢獻。報社的收費員、電力公司的收費員、自來水公司的收費員、瓦斯公司的收費員、郵局的郵差、摩門教的布道人，都一致讚美你，說你比雷達和聲納還管用。我們一家人在屋子後面活動的時候，可以很放心的把屋子前面交給你。你是「兼任巡邏的警鈴」、「無所不在的警鈴」、「一個勝過十個的警鈴」，同時也是「敏感度過高，幾乎是整天響的警鈴」——太吵人了。

當然，你並不是完全沒有缺點。你最大的缺點是沒有受過「美育」的薰陶，不只是不懂得維護「美」，簡直是「美」的死對頭。我苦心經營的一小塊鋪了朝鮮草的綠地，現在已經寸草不生。你不只是拔草，你還用體內的「阿摩尼亞溶液」去灌溉我的綠地。可惡不可惡！

瑋瑋種的一棵木瓜樹，現在已經變成一棵「無葉樹」。你像一隻會「人立」的狼，立了起來，把葉子摘光。

「媽媽」的一盆鐵樹盆栽，是有心買來美化前院的，現在只剩一盆土。

我非常注意你跟綠色植物的關係。我發現你是喜愛花草樹木的，這一點完全跟我們一樣。遺憾的是：我們沒有為你豎立「請勿攀折花木」的牌子，所以你只好用你最熱情的方式來表達你對綠色植物的愛了。你用嘴把小草連根拔起，用爪子把草地刨平。你啃樹幹，摘葉子。你把你弄到地上的花朵和綠葉撕開揉碎，表達你最強烈的愛。

我們人類跟你不同。我們把「愛」跟「惜」當作同一個觀念來看待，愛他，就要惜他。你不同，你愛一樣東西，就要抓他、玩他、撕他、咬他，把他完全毀滅，才算完成了「愛的表達」。這就是你可惡的地方！我不懂你既然愛一朵花，為什麼就不能坐下來好好兒的欣賞？為什麼一定要把花揉碎了才稱心？

我知道你心中並不是沒有愛。你愛我們，同時也愛麻雀。最近，我常常看見你留飯餵麻雀，自己卻躲在遠處看。你讓麻雀自由自在的從牆頭、從門亭飄落，圍著你的食盆，成為一個「雀環」，唧唧喳喳的吃你的中餐。從前你不是這樣，你會衝著麻雀大叫，嚇跑牠們。現在你變了。是不是因為寂寞，需要朋友？

你這種態度是值得讚美的。你應該讓你所愛的覺得自在。

過了年，天氣漸漸暖和了。陽光隨著季節轉移，每天上午把前院照得很亮。冬天顯得陰冷的前院，現在又成為「金院子」。你大概也知道好季節來臨了，每天都到前院去晒太陽。你舒舒服服的臥在太陽地裡，閉著眼，一聲不響。你的身子就像晒軟了的一塊白蠟，你的身子就像正在慢慢融化。我真擔心你的形體會完全消失，跟大地化成一體。

我們每天照面的時間很短暫。我見了你，只能招呼你一聲，沒有時間跟你多說話。我每天下班，你給我的歡迎儀式，令我一生難忘。大家都知道狗搖尾巴是表示歡迎；不知道更大的，更誠摯的，更興奮的，更快樂的歡迎，對一隻狗來說，就是搖擺著狗頭！

你會把前爪搭在地上，放鬆頸部的肌肉，讓你的頭垂下來像一個鐘擺，然後晃動肩膀，讓你的頭左右擺動像舞獅。一看到你對我舞獅，我就知道你看到我回家有多高興。

你的歡迎使我深深的反省。我想，人類不如你的地方，就在這裡——胸襟。你從來不對我們不滿。你使我們一家人有一種幸福的感覺，那就是：你永遠對我們非常滿意。你不挑剔昨天的晚餐，今天的中飯。你永遠高高興興，對一切的一切十分滿意。

你跟我們人類不同。我們是經常「不滿意」的。對人類來說，表示「滿意」會被人看輕，因此我們要竭力表示「不滿」，有時候把自己弄得很累。如果我懂得你的語言，我真想跟你討論討論你的哲學。

說到你的語言，這兩年來，我已經學了不少，只是還不夠應用。

我們家的習慣：客人來了，一定要請你進狗籠，免得你礙手礙腳，使客人不自在。這一點，你已經很能配合。用現代詞彙來說，你很「合作」。每次電鈴響，對講機的簡短會話一結束，你看到我們開廳門要出去迎接貴賓，就會自動走進狗籠坐好，等我們關閉籠門。

問題是客人告辭了以後，我們往往忘了再放你出來。那時候，你就會發出一種喉音，那喉音含有「掙扎」意味。我一聽，就曉得你說的是：「怎麼搞的怎麼搞的怎麼搞的……」我會滿懷歉意的開廳門出去釋放你。

有時候你在院子裡玩膩了，想回到建築物裡來看看，但是發現樓梯鐵門關了，你進不來。你會發出輕輕的，充滿歉意的叫聲。我一聽，就知道你說的是：「不好意思不好意思……」我會很願意出去幫你打開鐵門，讓你過關。

你對三餐相當重視，雖然不會看鐘，對時間卻很敏感，至少你的胃就是很好的鐘。用餐的時間一到，你就會有些興奮。如果「媽媽」太忙，誤了你的餐時，你就會稍稍不客氣的叫幾聲。我一聽，就知道你說的是：「開不開飯開不開飯……」我會把你的抗議轉告「媽媽」。

我不是研究狗語言的「動物語言學家」，所知道的狗詞彙和狗語法非常有限，沒辦法了解你的語言表達中最細膩的部分。這就是我沒有能力用狗語言為你寫信的原因了。

我沒有忘記我要告訴你的那個好消息。我們全家五個人開會，有了一個決定，就是每年要為你做生日。我們會為你預備一小塊蛋糕。因為琪琪和瑋瑋收留你的那一天是五月五日，所以我們就定每年的五月五日是你的生日。瑋瑋計畫在那一天要讓你燙鼻子——說錯了，她要讓你吹一吹生日蠟燭。我們不反對，只要她辦得到，這一封信好像寫得太長了，你讀得完嗎——讀得懂嗎？

一封信代表一個人的心意。我只能這樣子給你寫信了。

祝你快樂！

爸爸

螞蟻軍團

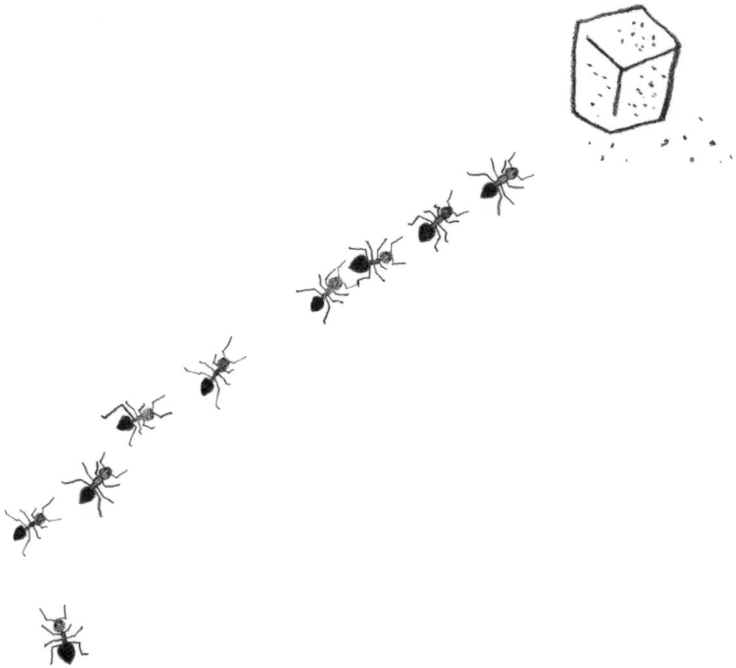

童年，我最喜歡螞蟻這懂得排隊的細小動物。螞蟻列隊前進的時候很有威嚴，好像整個世界都是牠們的。我看不見螞蟻的表情，不過我總是推想牠們的面孔是嚴肅的，從來沒想過牠們會是嘻皮笑臉或者笑容可掬的動物。小孩子最喜歡蹲在地上看螞蟻行軍，不是蹲在一邊檢閱，喜歡的是看螞蟻通過兩腿的拱門，像法蘭西軍隊通過凱旋門。我總認為英國《格列佛遊記》的作者「史惠夫特」寫小人國軍隊在格列佛的「腿的拱門」下通過，是不知不覺的搬出了最難忘的童年美好經驗。

螞蟻最使小孩子著迷的是牠們那天生敏銳的紀律感，一個跟著一個，幾乎從來不發生「超車」事件，而且隊伍旁邊也不派糾察員。牠們並沒有學校，到底是怎麼學會排路隊的？那單行縱隊是怎麼來的？

這些疑問使我深信牠們也是「人」，我的意思是牠們可能是有思想的，因此我急著想看到牠們臉上的表情。表情是思想的影像。

小孩子有時候把螞蟻隊伍當作河流看待，我也是。一看到那河流，我最大的興趣就是去探索河流的發源地。我迎著螞蟻隊伍走。我彎腰低頭，像是在那兒尋找失落的一枚硬幣。經過「千山萬水」，我最後總會找到一個蟻穴，像一道噴泉的泉口，不斷的湧出一股黃褐色的細流來，然後，我再順流往回走，去看螞蟻河的下游，最後，我會找到牠們的新居。

隊伍有時候是雙線，像百貨公司的自動扶梯，一隊向東，一隊向西，看得人眼花。遇到這種情形，大半就跟運輸有關。兩隊螞蟻，一隊是空手的生力軍，另一隊就是凱旋的搬運夫。

儘管我所看到的螞蟻都應該是螞蟻世界裡的成人，但是我總把牠們當作孩子看待，看成淘氣的小狗、小貓、小鴨或者小雞。因為牠們身材小就認為牠們是「小」動物，所以我看到螞蟻隊，心中就會有看到一百隻小鴨鴨排成隊伍的那種激動和興奮。

我看到離群的螞蟻，心中會湧起更大的好奇，更大的興奮。要形容那種興奮的心情雖然不很容易，不過也值得試試。童年我住在廈門，我的家離海軍陸戰隊的營房不遠，每天總有一次看到陸戰隊精神飽滿的列隊經過大門前，到中山公園去操練。軍服是黃的，軍容是壯盛的。中隊長都有雪亮的長指揮刀，刀出鞘，用右手舉在右胸前，隨著右臂的自然擺動，那刀就在陽光下發出刺眼的閃光。

在我的心目中，整個陸戰隊是巨人的隊伍，那舉著指揮刀的軍官幾乎就是天神。看到軍官從我面前經過，我就會幻想我是小孩子群中的英豪，走到隊伍前面去跟那軍官接觸，摸摸他的皮帶，扯扯他的軍服，或者竟伸手去接他遞過來的神聖發光的指揮刀。我完全知道這是白日夢，但是我對這一天一次的白日夢一點也不覺得羞愧。我崇拜他，到了極點。

有一天，我一個人走進院子裡，覺得眼前有一團黃色的光像一個停落在院子裡的太陽，抬頭一看，眼前站的就是那個舉著指揮刀的軍官，他離群走進了我的家像天神降臨。我一直希望能夠近看，能夠觸摸的威武軍官，一下子那麼近的站在我面前，像空中的直升機停落在我臥室的床前。這完全是一個形容。我看到離群的螞蟻，心情的興奮，就是那個樣子。

觀察一隻單獨的螞蟻，你會感覺到牠給你精神上的壓迫比一群螞蟻給你的大得多。你接觸到的是一個「個體」。牠長得並不好看，有一個大腦門兒，臉是瘦長的。兩隻大眼睛，像近視眼那樣露出茫然的神色。最忙的是頭頂上那兩根觸鬚，揮動不停，幾乎沒有一秒鐘的休息。六條細腿，不知道是按什麼樣的順序，不停踩踏。牠帶著卡通式的匆忙，緊張的探索前進，像一隻鼻子挨著地找路回家的狗。

一隻離群的螞蟻，給人的印象是慌慌張張，很不穩重的。不過，

在小孩子的眼裡，這沒有一刻安靜的細小動物是迷人的，像小丑似的渾身帶著喜感。

昆蟲學家已經積聚了不少關於螞蟻的知識。我最感興趣的有三件事。第一件事是：螞蟻是沒有思想的動物。這正跟我的推測相符合。儘管法國作家「拉芳登（又譯作拉封丹）」的寓言讚美螞蟻能在夏天預存冬糧，實際上螞蟻並不能計畫未來。牠有生命，動個不停，吃個不停，對外界的刺激有幾組簡單的公式化反應，就是這樣子罷了。

第二件事是：螞蟻的視覺並不發達，指導牠行動的，全靠那一對活躍的觸鬚。觸鬚不但能隨時告訴牠有關空間狀況的消息，同時還是牠的鼻子。螞蟻能夠知道什麼地方有一塊糖，完全是靠那一對觸鬚替牠「聞」出來的。觸鬚是螞蟻「收集氣味的天線」。

第三件事是：螞蟻是愛排隊的動物，見隊就排，其他的事一概不理。昆蟲學家說，如果領頭的螞蟻走的是曲線，而且不巧跟上了隊伍最後的一隻螞蟻，繞起圓圈來，那麼這一隊可憐的螞蟻就會天長地久的走下去，走到筋疲力竭，耗盡全身的力氣，不到累死不休息。

這三件事情使我覺得螞蟻實在是天真、可愛、老實的動物，很值得憐惜。在童年，我就是用這憐惜的心情對待這好玩兒的細小動物。我關心螞蟻，經常蹲在地上跟螞蟻作伴兒，跟螞蟻交往，像是一個「螞蟻馬戲團」的班主。

最使我自己吃驚的是，年齡慢慢增長以後，我竟學會了對螞蟻的殺戮。我變成一個極端的「人類主義者」。我學會了，為了人類的利益，屠殺螞蟻是無罪的。

做那種事的方法很多。劃一根洋火，點著了一張報紙，就可以用來燒螞蟻。除了火攻之外，還可以用水淹，那是指涼水。另外，熱開水也很有用，可以把螞蟻成群的燙死。這些方法，還不能算是直接用手去做，所以學習起來，還不太難。

最難學的是用手指頭直接去按死一隻螞蟻。我在十一、二歲第一次想這樣做的時候，有些遲疑，總是下不了手，只覺得消滅一個生命不是一件很平常的事情。一秒鐘以前，牠還在那兒舞動著觸鬚，六條腿亂踩，像一隻迷路的心慌的狗。然後，你伸出一個手指頭，輕輕一按，牠就變成一個黃褐色的小球兒，像一粒微塵，那生命也消失了。

我遲疑，老是問自己該不該這樣做。拖延了一陣子，到了最後，把心一橫：「人人都敢，我不該連這個也不敢。」這變成一個勇氣問題了。

我慢慢伸出手指頭，把勇氣灌注進去。三、二、一，我做到了！

做這種事，第一次很不舒服，會覺得反胃。經過一次一次的磨練，感覺逐漸麻木了，那反胃的事情也不再發生了。「人人都是這麼做的。」這種想法使我對於弄死一隻螞蟻這件事，不再覺得不安，不再認為是有罪。這是大家認可的。

我見過一個人坐在飯桌前，一個手指頭一隻，一個手指頭一隻的，慢慢按死螞蟻，就像用手指頭沾桌上的芝麻吃那麼自在。我也見過人因為要對付的螞蟻太多，不是一個手指頭辨得了的，索性就伸出巴掌來，由「點」的捕殺，變成「面」的摧毀。他很興奮的在幾秒鐘裡對付了整個群體。連這個，我也學會了。

食物上爬滿了螞蟻，看了教人噁心。這噁心使我們在掃滅螞蟻的時候帶著一點怒意，驅散了心中的不安。

人類是矛盾的，儘管矛盾得很有道理，終究也還是矛盾的。童年跟螞蟻的那一份感情，還有體認到牠並不怎麼嚴重威脅到我的生存，這幾年來，我不知不覺的養成了放走螞蟻的習慣。

「你走開吧，小螞蟻。我求求你，快走開吧，不要讓我看見你。」我已經能抑制伸出手指頭的衝動了。

看見牠揮舞著觸鬚，六條細腿忙個不停的走遠了，我會鬆一口氣。我心裡的感覺是美好的，那是一種跟「快樂」差不多的感覺。

金魚一號

有一次，我到南昌街一家眼鏡店去修理眼鏡。老闆提著一塑膠桶清水，另外一隻手拿著一大塊海綿，很親切的笑著，向我表示「我沒有第三隻手」的歉意，交代他的壯年弟弟幫我修理。因為這幾年來，我的眼鏡一直都是由他照料的，大家成了朋友，所以他並不嚴守「說話的時候雙眼應該誠懇的注視對方」那條規矩，依我的說法是「用他的後背跟我談天」，他說：「這一回是怎麼碰壞的？」

「打桌球碰壞的。」我回答。我的雙眼誠懇注視的卻是他的弟弟。我跟這位老闆已經「熟」到可以「後背對著後背談天」了。

「桌球有那麼厲害嗎？」他的聲音傳了過來。「一個球就打彎你的眼鏡架子啦？」

我一邊用手勢告訴他弟弟眼鏡壞在什麼地方，一邊也把我的解釋傳送了過去，「是我殺球的時候『後隨動作』太大。」

「『那』是什麼？」他的聲音傳了過來。

「我殺球的時候用力太猛，胳臂甩得太高，自己的球拍把自己的眼鏡架子打彎了。」我把聲音傳送過去。他的弟弟已經開始動手修理我的眼鏡架了。

「殺球不能輕一點嗎？」他把聲音傳送過來。

「輕了就殺不死。」如果兩個人談的不是打桌球，我這句話是很嚇人的。

「會話」好像要結束了，我回過頭去，看見他把手伸進那個四方形的，大大的熱帶魚玻璃缸裡，正用海綿在水裡擦洗魚缸的玻璃。

「熱帶魚很難照顧。」我說。

「不難，跟照顧人一樣。屋子太髒了，人住著覺得不舒服了，你就會動手打掃打掃。我也並不天天洗缸。什麼時候我看見魚缸髒了，想到熱帶魚住著一定不舒服，我就提一桶水來洗一洗。」他說。

我點點頭。他的眼梢一定感受到零亂的光影，所以也趕快抬起頭來跟我笑了一笑。他興致很好，又對我說：「剛養熱帶魚的時候，天天要背那幾條養魚的規矩。其實，常常到魚缸旁邊來走動走動，比什麼死規矩都重要。」

我像唐朝柳宗元聽種樹的郭橐駝談大道理似的，對他的議論也非常佩服。「沒有一定週期」的真正的關心，比冷淡的守著死規矩要緊得多。不過我所得到的「點化」，重點不在規矩的有沒有，重點全在「關心」這個觀念上。想把魚養好，就得關心魚。想把孩子教養好，就得關心孩子，不是頒布一套死規矩。

琪琪、瑋瑋跟我，合作照顧兩隻金魚。剛起頭兒，大家都很關心，早晨出門，傍晚回家，都會特地到小金魚缸旁邊去看看，去跟金魚打個招呼。那時候，「金魚一號」、「金魚二號」都很健康活潑。

後來，琪琪只顧忙自己的事情去了，像「退了股」的股東，再也不過問金魚的事。我也是，每天總有忙不完的事情，不但忘了金魚，甚至忘了有金魚缸，忘了擺金魚缸的茶几，忘了擺茶几的客廳。我不但冷落了金魚，並且冷落了「冷落了金魚的孩子」。

瑋瑋也比我強不了多少。她對金魚的最後一次服務，是在一天的晚上，認為金魚住在客廳裡氧氣不夠，就把魚缸端到走廊上去吸收氧氣。從那天以後，兩隻金魚就住在走廊牆腳下的冷宮裡，再也沒回過「家」了。一邊打電話一邊看金魚的那種樂趣，再也沒人想起了。

「媽媽」關心這個家，但是每天那一成不變的固定家事已經成為她肩膀上的一副重擔。如果還能擠出一點時間來，她寧願多照料照料孩子，不可能再為「孩子以外的其他動物」分心，因為沒有哪一種珍貴「動物」是比孩子更珍貴的，因為還有一堆紛紛掉落的鈕扣、紛紛拉壞的拉鍊等著她去縫，等著她去換新。有一段日子，她也把走廊牆腳下的那個金魚缸忘了，儘管她一向不疏忽替金魚換水，一向忘不了給金魚買飼料。

一個星期天中午，我偶然到走廊上去看幾乎已經可以算是荒蕪了的花園，偶然低頭看到那個金魚缸，忍不住彎腰伸手想把它端回客廳裡去，才發現魚缸裡的水已經很髒，水面上漂滿了塵埃像浮萍。最使我吃驚的是，「金魚二號」身子橫漂著，像一艘壞了的潛水艇。我趕快去向「媽媽」求救，希望她給「金魚二號」一點幫助。

「媽媽」趕緊設法用淡淡的鹽水給「金魚二號」施行「水療」，一邊趕緊把金魚缸洗乾淨，換上清水，讓「金魚一號」有個清潔的居住環境。「金魚一號」的身體一向矯健，一回到乾淨的水裡，就快快樂樂的跳起古典的「水舞」來，像穿著長袖子宮裝跳舞的宮女。住在「水療養院」裡的「金魚二號」情形不大好。牠是一條薄命的魚，禁不起災難的考驗。牠生命的燭火眼看就要熄滅。

我在心裡禱祝：「小傢伙，堅強起來，不要向災難低頭，應該學習忍受一次又一次的折磨，直到『折磨』不再折磨你。」

我向「金魚二號」懺悔：「都是我不好。我不懂得自己每天到底忙些什麼！是我害了你。」

可是禱祝、懺悔都沒用。上帝願意把「金魚二號」帶回自己的玻璃缸裡去照料。上帝有比「水療法」更好的慈愛療法。第三天，牠離開了可愛的水的世界。

我跟「媽媽」為牠舉行塑膠袋葬禮的時候，我問自己該怎麼向瑋瑋解釋。她現在已經夠大了，不是一句「牠到很遠很遠的地方去了」這樣的話可以打發的。我當然應該告訴她真實的情形，但是不能用可怕的字眼。

「金魚二號完了。水太髒。」這是瑋瑋放學回家我跟她說的話。

「以後我來換水好了。」她說著，就到走廊上去看孤孤單單的金魚一號了。

為了舊房子要改建樓房，我們搬到現在這座公寓裡來住。金魚一號當然也跟我們一起搬過來，跟我們住在一起。這是牠生平第一次坐搬運公司的貨車，生平第一次住在二樓；不過，卻是生平第二次住走廊。

這一回，我注意到天真任性的瑋瑋有了新的改變。她完全把金魚一號看成她的金魚，把照顧金魚一號看成她的責任。「水太髒了」是她常說的話。她常常給金魚換水。

有時候，我會注意到熱熱鬧鬧的家忽然安靜了下來，我就會放下書或放下筆，走到二樓後廊上去看看。瑋瑋安安靜靜的站在水槽邊，很專心的給金魚一號換水。有幾次，她偶然回頭看見我站在她背後，就會很嚴肅的說：「水太髒了！」

我也沒有完全忘記金魚二號給我的教訓，不論什麼時候，只要想起來了，就會認真的到後廊上去看看金魚一號，看牠游水游得很好，這才放下心。我知道金魚是不會笑的，我也知道只有漫畫裡的金魚臉上才有表情，但是我每次看到金魚一號，總覺得牠無憂無慮，笑容可掬。這到底是為什麼？

我所能找到的唯一答案，就是牠雖然受到災難的折磨，卻沒有「順理成章」的倒下去。牠的堅強表現在忍受上。如果要我在這世界上找一種完全不害人的動物，我一定選金魚。如果要我在所有的金魚中找出一條最堅強的，我一定選「金魚一號」。

瑋瑋的小黑貓

家裡的人都知道「瑋瑋的動物園」指的是什麼。她有兩隻巴西小烏龜、一條金魚、一條泥鰍、一盒蠶卵、四條植物園荷塘裡那種一公分半長的魚秧、一隻會吹口哨的鳥，還有小狗「史努比」。一個表面上看起來很安靜的家，隱藏著一個熱熱鬧鬧的動物世界，有魚類，有爬蟲類，有鳥類，有獸類，有昆蟲。

使我覺得驚訝的，不是瑋瑋飼養的動物多。我覺得奇怪的是，她並不為那些動物牽腸掛肚。她像一個不愛錢的有錢人，不把自己的財富放在心上。她興趣來的時候，照顧那些動物像一位好護士，好保母；興趣轉移的時候，就讓那些動物按野生動物的方式過日子。只有辛苦的「媽媽」，儘管每天忙得筋疲力竭，仍然懷著「不能見死不救」的菩薩心腸，照料那些可愛的小生命。

瑋瑋似乎是根據動物都有求生本能的理論來管理那個動物園。她不知道真正照料那些小動物的是一位媽媽神仙，因此對飼養動物的數目沒有限制——韓信將兵，多多益善。這個韓信，孤軍深入敵境八千里，「媽媽」跟在後頭手忙腳亂辦補給。

小狗「史努比」進門以來，瑋瑋表現得比從前好得多。她常常「幫忙」餵狗，而且很有恆心的每星期日給狗洗一次澡。現在「史努比」能夠從星期一到星期三看起來很乾淨，就是瑋瑋的功勞。從星期四到星期六，「史努比」又恢復那「一團髒絨球」的形象。這隻小狗最喜歡的遊戲是掀翻飲水盆，讓水灑一地，和灰土混合在一起成了泥漿，然後躺在泥漿裡打滾。「週末的史努比」是很難看的，不過這並不是瑋瑋的過失。「週末的史努比」不但身上是黑的，連狗臉也是黑的，像個初次練習寫毛筆字的小學生。

一張髒髒的狗臉是很滑稽的。有一次我問瑋瑋，剛才她跟櫻櫻為什麼哈哈大笑不停。她說：「真是好笑死啦！你看了史努比的那張臉就知道。」我見過，像一張大花臉，臉上轉動著兩顆純真稚氣的黑眼珠兒。

瑋瑋的動物目錄裡本來還有一隻小黑貓，現在這一項已經抹掉了，因為家裡以三票對兩票的多數，否決了「小黑貓居留權法案」。那兩張少數票是瑋瑋和琪琪投的。小黑貓實在太髒了。

有一天，琪琪告訴瑋瑋，附近有一隻小黑貓。姊妹兩個都不能算是真正的「小」孩子。她們懂得「家庭政治」，低聲商量了一陣子，決定製造既成事實，然後極力爭取軟心腸的爸爸那一張容忍票，強行留下小黑貓。瑋瑋開了大門，把小黑貓抱了回來。

晚上，家裡起了小風暴，爭執的焦點就是小黑貓的居留權。筋疲力竭的媽媽，愛乾淨的櫻櫻，都主張把這個髒東西送走。琪琪和瑋瑋儘管懷著更有人情味的理由，但是她們寧願採取人道立場，說小黑貓只是一、兩個月大的「孩子」，我們不能見死不救。這個立場，給我很大的震撼。我糊里糊塗的投下那張容忍票——黑貓實在太髒了，我連摸都不敢摸。

我投完票以後，接著當然就要付出容忍的代價。我答應瑋瑋動用一個菜盤。我答應讓小黑貓喝牛奶。我答應拿出幾件舊衣服給小黑貓做窩，答應剪破一個舊蚊帳給小黑貓做小蚊帳。「媽媽」和櫻櫻用「你有好日子過啦」的眼神看我，使我心中有了悔意，很想伸手到票櫃裡去，掏出剛投的那一票。

這小黑貓是一隻「癩痢貓」，身上都是禿瘡，眼圈上都是黃黃的眼屎。牠瘦得幾乎只剩皮包骨。最使人難過的是牠那一根被誰剁去半截的可憐的小尾巴。瑋瑋像端寶貝似的把貓托在手掌上，我們覺得很不調和。瑋瑋跟小黑貓親近，琪琪也很隨和，剩下的三個見了小黑貓就躲。小黑貓一進門，家裡就出現分裂狀態。

「媽媽」用藥水給小黑貓治眼睛，用藥膏給小黑貓治癩痢。家裡出現了一個新歇後語：「媽媽給小黑貓治病——忙上加忙」。

瑋瑋寵小黑貓。她不管別人害怕不害怕，抱起小黑貓就往別人的懷裡塞。這件事情大大引起我的反感。我認為瑋瑋只重視貓的「人權」，不尊重人的「人權」。

「不可以這樣，瑋瑋！」成了我每天必說的話。

「洗手，瑋瑋！」也成了「媽媽」每天必念的經。

我細心觀察瑋瑋跟小黑貓建立起來的友情，實在不能不動心。我們共同規定，白天小黑貓應該留在後院，不許通過廚房，走進飯廳，因為小黑貓有「皮膚病」。但是瑋瑋瞞著媽媽，替小黑貓找到另外一個入口。

她跑進我的臥室，打開通後院的窗戶，輕輕喊一聲「貓咪」。小黑貓聽到了喊聲，就由地面輕輕跳上倒叩在地上的水桶，再由水桶跳上木條箱，又由木條箱跳上窗台。瑋瑋一伸手，就把小黑貓接到屋子裡來了。練習的次數多了，瑋瑋跟小黑貓也有了默契。什麼時候瑋瑋想看看小黑貓，只要走進我的臥室，打開窗戶，輕輕喊一聲「貓咪」，就會有一隻小黑貓在窗台上出現，像「按鈕」一樣準確，像一個童話故事。

小黑貓進屋兩個星期以後，「史努比」也來了。論資格，「史努比」是後到，還不如小黑貓資格老。貓狗本來是冤家，但是小黑貓跟「史努比」相處得很好。牠們都是一、兩個月大的「小孩子」，還不懂得競爭，所以後院裡始終能夠保持一股祥和的氣氛。

瑋瑋對貓、狗的和諧有很大的貢獻。她常常設法讓小黑貓跟「史努比」互相親近。有一天晚上，我看到瑋瑋努力的成果。

小黑貓是「袖珍」的，「迷你」的，細聲細氣的，喜歡撒嬌的。貓總是給人嬌嫩的印象。小黑貓雖然又髒又醜，但是日子久了，也逐漸流露出逗人憐愛的一股神態。「史努比」是狗。狗族本來就比貓族強壯，體型也大得多。拿「史努比」跟小黑貓相比，「史努比」像是個忠厚憨直的傻大個兒，小黑貓像個多愁善感的瘦小書生。

我看到的情景是這樣的：

「史努比」伸直兩條肥肥的後腿，向後挺得很直。那姿勢一定使牠覺得十分舒服。牠的肚子貼地，像一個裝了水的水袋。兩條肥短的前腿搭在地上，頭歪在一邊，像一個足磅的強壯嬰兒，睡得很香。小黑貓趴在「史努比」的身上，把小狗的身子當作柔軟的「巨人型枕頭」，也睡得很香。「史努比」呼吸的時候，身子起伏像波浪。小黑貓的頭，隨著那波浪，有節奏的一起一落，像碼頭邊隨著潮水顛著的一條小木船。

我看得入迷，想到了好幾個比喻。小黑貓像一個髒孩子睡在美麗的母親懷裡。「史努比」像一個壯健忠實的巨人，守護著嬌嫩的小公主。不管怎麼樣，牠們的睡態給我一個「強烈對比的調和」的奇異印象。

瑋瑋跟小黑貓的親近是別人辦不到的。小黑貓可以自由進出臥室、客廳以後，家裡常常有人發急嚷著要換衣服，要洗澡。這隻行動矯捷的小黑貓，喜歡跳上床，喜歡蹲在人家的枕頭邊，喜歡跳進人家的懷裡。如果「貓」只是一個概念，貓是可愛的。如果貓是一個實體，而且長了禿瘡，這就使人為難了。

人人都懂得愛小動物，但是懂得愛「又髒，又醜，又臭，又長禿瘡的小動物」的人大概就少了。瑋瑋跟小黑貓的過分親近使我很不安。有一天，我不得不邀「媽媽」一起跟瑋瑋商量放走小黑貓的事。

小黑貓走了以後，我對自己有一番嚴厲的批判：我永遠當不了菩薩，我太介意禿瘡。真正能當菩薩的只有小孩子。只有小孩子能看不見禿瘡，只看到貓的可愛。不過，我對於能穿透醜陋外殼看到別人靈魂的純真的那種菩薩境界，仍然是非常嚮往的。

那兩隻鳥

我根本沒時間去研究這兩隻鳥是什麼鳥。忙碌的現代人的特色是他不能什麼事都管。如果他——如果我連這兩隻鳥是什麼鳥都要管，我一定會忙不過來。「我不是研究鳥的。」我安慰自己說。

我對這兩隻鳥發生好感，是因為這兩隻鳥不製造麻煩。牠們在我家裡過牠們自己的日子，對我家裡的一切事情一概不聞不問。有時候我真把這兩隻鳥忘了。我會帶著疑惑的問自己：「我們家真的養了鳥嗎？」

我替這兩隻鳥添過鳥食，換過清水了。那是在我想起來了的時候。要是我想不起來，我就當然不會去幫牠們添鳥食，換清水了。「媽媽」說這兩隻鳥有福氣。這句話，話裡有話：我們一家五個人，總會有人在某一天，「無緣無故」的走過去幫牠們添鳥食，換清水，而且不認為自己做了什麼重要的事。這種「不規則的輪流」，沒人知道是怎麼發生的。

有一段日子，我確實關心過這兩隻鳥，天天給牠們添鳥食，換清水。然後，因為忙，我又不管了。不管也沒有關係，總會有人管，不是這個人，就是那個人，總有那麼一個人。我把這種鳥，叫作「忙人養的鳥」，適合忙碌的家庭飼養。牠們住的是一個中型的竹鳥籠，一尺二的立方。這個竹鳥籠一直放在客廳的磨石子地上。這並不是說，我們把鳥籠買回來的那一天，就有了這樣的安排。當初我們是打算把鳥籠掛在前廊的鐵欄杆上的。前廊有一盆茂盛的棕櫚盆栽。我們的計畫是讓鳥籠挨近棕櫚的綠葉，造成一種「林間」的假象，然後讓牠們在林間歌唱，而且是像一個詩人所說的「沐浴著陽光歌唱」，因為夏天早晨的太陽，總是先照我們的前廊。

但是大家都很忙，家裡不可能有人閒得每天去掛鳥籠。因此，在某天夜裡，某個人收回鳥籠，放在客廳的磨石子地上以後，鳥籠就再也沒離開過那個位置了。「媽媽」第一天掃地，也許把鳥籠往左邊挪一挪，但是第二天掃地的時候，又把它挪回去了。鳥籠總要掛起來才有意思，但是在我們家，大家一談起這兩隻鳥，眼睛就往地下看。

鳥店的老闆說這兩隻鳥是白文鳥，「媽媽」又說是小紋鳥。牠們的羽毛確實很白，在陽光下真是白得刺眼。嘴是淡紅的，顏色像「蓮霧」的果皮。最可愛的是眼睛，像小小的黑色珠子。

鳥類的眼珠子有各種深淺不同的顏色，但是瞳仁大概都是黑的。瞳仁周圍的虹彩，顏色如果是淺色，那麼眼珠看起來就像一淺一深兩個同心圓，最難看，而且有些可怕。鷹類的眼睛就是這樣。如果瞳仁周圍的虹彩是深色，跟黑色的瞳仁相似，那麼整個眼珠就會像一顆黑珠子，看起來最美，而且充滿稚氣、純真。這兩隻白鳥的美，就美在牠們有黑眼珠。

我並不像一般的養鳥人那樣每天去看鳥。我的日子要是能過得那麼閒適就好了。我有時候忙得連家裡有狗都忘了，當然更不會想起家裡有鳥。我是我家客廳的稀客，更不可能常常坐在客廳裡看鳥。不過，人生到處是「偶然」，在我接近鳥籠的時候，我會忍不住回頭去看牠們一眼。那時候，我會忍不住的想：「真美，真善良，真可愛！」

然後匆匆走開。

我叫牠們「一對白鳥」，意思是「兩隻白鳥」，並不含「一雌一雄」的意思在內。有時候我看牠們像兩隻公鳥，有時候我看牠們又像兩隻母鳥。不管是公是母，牠們相處非常和諧。尤其是夜裡，兩隻鳥頭挨著頭，並排擠在草窩裡，尾向裡，頭向外，像一對兄弟，像一對姊妹，像一對雙胞胎，樣子很可愛。我挨近去看，牠們的眼睛已經「閉幕」，原來都睡了。

牠們都很會唱。牠們的鳴聲是最動聽的「天氣預報」。早晨醒來，如果有清脆的鳴聲傳到枕邊，那麼我就會聯想到陽光照耀的前院，想到那些綠葉，那些花朵。我會告訴自己說：「今天是一個好天，出門可以不帶那把笨重的黑傘。」

研究鳥類的人說，鳥的歌唱都是情歌。鳥唱歌的時候，表示心中「充滿了愛情」。真是「佛洛依德」的信徒！從心理學的觀點來看，牠的歌聲所代表的應該是「生命的滿足感」。有了生命的滿足感，然後才有其他次要的東西。在「受挫感」的陰影下，通常不會有感情。愛情是「成就感」的產物。我寧願相信兩隻白鳥唱歌是因為心裡快樂。

家裡的人還相信白鳥的歌聲也表示牠們想跟我們交談。牠們不一定是在那兒歌唱，牠們在那兒喊人。

「媽媽」有一次經驗，就是她走近鳥籠的時候，兩隻白鳥就大叫不止。這種叫聲使她感到兩隻鳥有什麼不對，然後她注意到鳥籠裡的食槽和水槽都已經空了。她把兩隻鳥的叫聲翻譯成：「沒東西吃了！」「渴死了！」

這一次經驗使「媽媽」寬心了。她認為從此以後，不必再為兩隻鳥做無謂的擔憂了。萬一她忘了照顧牠們，牠們會發出通知，她說。

「媽媽」在晚餐桌上把她的經驗告訴了大家。這就使兩隻鳥更安全了。無論是誰，只要聽到鳥的叫聲，就會直接把它翻譯出來：「鳥沒東西吃啦！」

我注意到鳥啄食的速度。牠啄食一粒粟的動作，快得像閃電。如果牠連續啄食五粒粟，你會看得眼花，而且事實上你什麼都沒看到。你只不過知道牠剛才啄食了五粒粟罷了。

我也知道兩隻鳥都很重視那個小小的水槽。水槽裡的清水，是牠們的飲用水，同時也是洗澡水。牠們有時候用嘴蘸水來梳理羽毛，有時候跳進水裡去玩兒。

牠們文靜、和平、可愛，但是大家都很容易忘了牠們。大多數的日子，我們的意識裡都沒有這兩隻鳥的存在。

我不斷的談這兩隻鳥，是因為我心中早有許多話要說。我希望我能在談鳥的同時，也說一說我想說的話。

古代的人有一種符合心理衛生的活動，就是看魚，或者觀魚。讓一個心浮氣躁的人安靜下來的好方法，就是叫他去看魚。他要看魚，頭一件事就是要站得住，或者在池邊的石頭上坐得住。只要他站得住或者坐得住，他的心氣就已經平靜了一大半。

如果只讓他在池邊罰站，並不看魚，那只能是一種「靜止」或者「停止」，並不是幸福人生所應該具有的那種「和諧」。他仍然應該有活動，應該在活動中保持心平氣和的狀態。魚從容不迫的優美動作，值得他觀賞。在觀賞中，他會逐漸調整自己的心理節奏：不再那麼急躁，不再那麼沒耐心。生命是動的，但是要動得自在安適。

人看魚的時候，也是他反省的時候。他會注意到，拿自己的心意活動和游魚優美的動作相比，自己似乎已經是愈動愈心煩，愈動愈急躁。那麼，這裡頭一定是有什麼地方不對，有什麼地方不妥了。他可以利用只有自己一個人在池邊，暫時不和任何人接觸的獨處時刻，檢討檢討自己對一切事情的安排。他會發現一切的不順適，都是自己錯誤的想法、錯誤的行為，錯誤的安排造成的。他利用看魚的機會，靜下來，對自己的想法做最好的調整。

我們可以從古人的看魚活動，領悟出一池鯉魚對一個人的必要。一池鯉魚，對古人來說，也許就等於是一張「佛洛依德」的躺椅。他在池邊檢討，反省，調整，然後重新清醒過來。

大都市裡的居民，住在公寓，他所能享有的所謂「院子」，擺一輛機車都嫌擁擠，哪裡還能有池子養鯉魚。不能養鯉魚，總可以設法養別的東西，只要那東西能代替鯉魚。

我那兩隻白鳥就是我的鯉魚。狗就不是。狗太活潑，太「歡樂」，太親熱。你根本沒法子在一隻舔你、纏你，搖著尾巴圍著你轉的狗旁邊靜靜的思想。我那兩隻白鳥跟狗不一樣。牠們很斯文、很安靜、很心平氣和。

在我覺得自己有些急躁，似乎對一切都失去了耐心的時候，我喜歡一個人幽幽的走進客廳，靜靜坐在鳥籠前面看鳥。如果我是被一件小事激怒了，白鳥會告訴我一些有關憤怒的心理衛生常識。如果我心中有挫折感，白鳥會為我念一段有關心理健康的小論文。如果我因為過度疲勞緊張而積聚了一些卑劣情緒，白鳥會給我適當的勸告，叫我暫時拋下一切去睡一睡。

白鳥是放在我牆角的一面「心鏡」。在日子過得很充實的時候，我常常忘了牠的存在；但是，我總有去找牠的時候。白鳥白鳥，我們雖然同在一個屋簷下，但是你過的是你的日子，我過的是我的日子。我們好像彼此相忘，不過，我也會有去找你的時候。

我和鵝

很久很久以前，當我還是一個十八、九歲的大男孩的時候，有一隻鵝走進了我的生活。從此以後，我的精神世界裡就永遠有一個大白鵝的影子，像一團雪球，搖過來，晃過去，再也抹不掉。

這隻大白鵝真是又肥又大，把牠抱起來要費相當的力氣。尤其是牠展翅飛奔的時候，那架式，那氣勢，就像一隻我想像中的白色大鵬。我永遠忘不了在牠前方哀號奔逃的那隻黃狗的模樣——就像老鷹追擊下的一隻老鼠。

那一年，我家逃難到漳州。我們住在一座舊樓房的二樓。地方很大，我們只用了兩間臥室，整個大廳空著沒用。難民只帶衣箱，沒聽說還帶著家具的。因此，大廳就成了一家人散步的廣場。

有一天，母親聽到賣菜的小販在樓下叫賣，就下樓去買些青菜，看見有人賣小鵝，覺得有趣，問起價錢，也還便宜，就順便買了一隻，帶上樓來。當然，那大廳就成了養鵝場。

小弟那年只有八歲，儘管也陪我們嘗過逃難滋味，卻從來不把逃難看成什麼不幸。他的快樂童年似乎完美無缺。往日生活的殷實安定，眼前日子的漂泊不定，只要稍稍比較比較，就會使父親、母親覺得灰心沮喪。我跟二弟、大妹，也都過慣好日子，對逃難生活也有無法忍受的感覺。

小弟就不同了。對他來說，人生就是逃難，逃難就是人生。他沒有東西可以比較，一切的一切，本來就是這樣，不值得奇怪。他穿的是什麼衣服，就認為人生該穿的就是那樣的衣服。他吃的什麼飯，就認為人生該吃的就是那樣的飯。一隻有黃色細毛的小鵝，對他來說，就是一切歡樂的泉源。

家裡既然有「廣場」，現在又有了一隻鵝，小弟就可以在廣場上養鵝了。可惜的是鵝太小，不能滿足小弟的希望。小弟把他對一隻大鵝的期待，完全放在一隻稚嫩的小鵝身上，當然要常常嘗到失望的苦果。他裝了一臉盆水，要小鵝游泳，結果小鵝並不很聽話，弄得滿地是水。他想像中的那幅「綠池白鵝」的美麗畫面破滅了。

他用溫和的語氣，吩咐小鵝陪他在廣場上繞圈子。結果是，他自己繞了好幾個圈子，小鵝卻自顧自的晃到臥室門外，向裡面窺探，根本不把小弟放在「注意圈」內。小弟對小鵝的評語是：「你好笨！」

小弟很愛這隻一直令他失望的小鵝。愛，使他學會了責任。小鵝愛吃的鵝草，都是他每天走遠路去拔來的。這件事使母親非常高興，非常自豪。他認為小鵝使小弟變得懂事。這也證明她買小鵝買對了。

漳州跟我國一般小城一樣，是由一條街發展成的。有了一條街，再由那條街為主，發展出幾條橫街，街道多了，就形成了城市。在發展的初期，街道是在田野中逐漸形成的，所以街道兩邊的房子背後，往往還是農田。前門是街，後門是田的情況，十分普遍。

離我們家不遠的地方，有一條黃土公路。公路邊有一個很大的池塘，池塘四周長滿了鵝愛吃的鵝草。每天早上，小弟會自己一個人悄悄出門，到池塘邊去拔些鵝草回來餵鵝。他完全把這件事當作他的責任。

起初，我對這隻鵝並不感興趣。那時候我已經在一個小學裡教書，每天早上出門，中午趕回家吃一頓中飯，立刻又匆匆忙忙的趕回學校，一直忙到傍晚才能休息。這樣的生活，使我完全忽略了我跟小弟的感情。可是小鵝進門以後，我對於能夠獨自出門拔鵝草的小弟發生了興趣。我經常找機會跟他一起去拔鵝草，因為鵝草的關係，我們開始有了「談話」。

我跟小弟的談話，完全是一種「兒童文學」。我要學習把話說得又簡單，又具體，又生動。有一次我勸他要用心認字。我說：「見到書上的字都要喊得出它的名，還要能形容它的模樣。」為了勸他跟同學和好，我說：「見了同學，都要跟他笑一笑。」勸他不要發脾氣，我說：「生氣就是生病。」為了那隻小鵝的緣故，我跟小弟變得很有話說。

互相親近的是我跟小弟，並不是跟那隻小鵝。對於那隻已經長得不大不小，毛色黃中帶灰的怪鳥，我並沒有好感。直到有一天下午我回家，因為看不見小弟，也看不見那隻鵝，我才問母親：「『他們』都到哪兒去啦？」

「你三弟放鵝去了。」母親說。

「哪兒？」

「大池塘。」

小弟變成一個牧鵝童了。我對這件事非常好奇，很希望能找一個機會去看看小弟怎麼放鵝。對別人來說，這是一件最容易不過的事，說去就去，要去就去。可是對我來說，事情就不那麼簡單了。我是一個小學教師，每天放學以後，同事們要跟我討論這個，討論那個；小學生要問我這個，問我那個。再加上，我喜歡留在學校等值日生掃過地走了，和校工巡視過教室以後，再坦然的走路回家。想找機會到大池塘去看小弟放鵝，並不很容易。

我又是一個看書迷，一回家就鑽進我和二弟共用的破臥室，端起書來就看，直看到燈亮，母親喊吃飯，才肯放下書。飯桌上見了小弟，也只能問一聲：「放鵝去了？」至於他和那隻鵝怎麼去，怎麼回家，逗留在大池塘邊又是怎麼樣的一種情況，我一點兒也不知道。這件事情，愈來愈引起我的好奇。

一天下午，我在破臥室裡看書等吃飯，聽到樓梯那邊傳來小弟的吆喝聲：「快上去！快上去！」

我的心一動，立刻扔下書，衝向樓梯口。我還沒有走到那兒，就看見一團白影子撲向樓上來。我吃了一驚，再看，那一大團白影子已經濃縮成一隻挺拔的白鵝。這麼漂亮的白鵝，就是我們家那隻「醜小鴨」變成的嗎？

這隻白鵝，渾身雪白，有一個結實有力的脖子。牠的小腦袋上，藍眼睛炯炯發光，黃嘴堅硬像銅器。牠胸部發達像一個游泳健將。稍稍遜色的部位是腳，邁起步來顯得笨拙、軟弱、遲緩。這使我想起愛鵝的王羲之先生。如果我猜得不錯，他喜歡的一定是鵝脖子矯健靈巧的動作。如果他欣賞的是鵝的腳，那麼他的書藝一定會受到一些不良影響。

小弟跟在大白鵝背後，也衝上樓來了。我問他：「這是我們家的鵝嗎？」

小弟很疑惑的說：「是啊！」

我很感慨的說：「沒想到這隻鵝已經會自己上樓了。」

「也會自己下樓。」小弟說。

「滾下去的？」我難免想起大白鵝軟弱的腿。

「不。」小弟說。

他伸開雙臂，做了一個撲翅的姿勢。

我懂了。大白鵝有一對有力的翅膀，難怪牠上樓的時候會那樣聲勢浩大。我相信，牠下樓的時候，一定也會運用那一對白色的大翅膀。牠是飛身上樓，飛身下樓。

從那一天起，我對大白鵝另眼看待，對牠懷著敬意，而且心中有以牠為榮的感覺。「這是一隻很體面的鵝！」我告訴自己。

可是，還有一件事情我最想知道。那就是，小弟和大白鵝每天下午在大池塘邊做些什麼。想去看看的欲望太強烈了，所以第二天下午我不顧一切的推掉了所有的談話，所有不屬於我的責任，一放學就匆匆忙忙的趕到大池塘邊去了。

我看見小弟坐在池塘邊的草地上，很自在的看著天空的白雲出神。他的身邊並沒有那隻大白鵝。

我在小弟身邊坐下。「大白鵝呢？」我問。

小弟用他手中的竹子向池塘中一指。我看見池塘中有十幾隻鵝在那裡游水。我說：「你認得出我們的大白鵝嗎？」

「認得。」小弟說：「就是脖子挺得很直的那一隻。」

我也認出來了。牠真是鵝群裡最出色的一隻。在斜陽下，牠的羽毛是最白的，牠的體態是最挺拔的，還有牠的泳姿，也是鵝群中最美的。我和小弟靜靜坐在草地上看那隻鵝，一直看到夕陽西下。

小弟站了起來，搖動手中的細竹子，用嘹亮的童音高呼：「大白鵝回家！」

鵝群有點兒混亂，幾隻鵝紛紛向兩邊讓開。我們的大白鵝自在的游到淺灘，搖搖擺擺的走上岸來。牠並不停留，似乎是認得路，信心十足的順著回家的路走去。小弟跟著牠，我跟著小弟。

夕陽剛落，立刻就是暮色四合。我靜靜的走著，忽然想起天黑得這麼快，讓小弟每天自己一個人這樣走回家是不是妥當的問題。前面傳來大白鵝嘎嘎的叫聲。我抬頭一看，是一條黃狗，正想掉頭走開。我猜想，黃狗最初可能不怎麼把大白鵝放在眼裡，想走過來逗逗牠。現在，大白鵝惱了，猛然張開一對大白翅膀，伸直脖子像一根長矛，向黃狗衝了過去，多勇猛的大白鵝！

有這樣的一隻大白鵝作伴兒，小弟一定是很安全的，我想。

事情就是這樣。大白鵝的英姿，一直留在我的記憶中。遇到閒下來的時候，我很喜歡回想一下過去的那些日子裡，我曾經跟哪些動物做過朋友。狗、鳥、白兔、烏龜、馬、火雞……不管我能想起多少，只要那大白鵝一出現，其他的動物就不再有地位了。我會一直想那隻活躍的大白鵝，像陶醉在一部完美的影片裡。

豬的美質

許多年許多年以前，我還是十九歲青年的時候，父親帶領我們一家人，雇民船由淪陷在日軍手裡的廈門偷渡到內地，黑夜在荒山下靠岸。船夫把我們的行李扔了一海灘，匆匆忙忙搖著舢板溜走了。我們把行李拖向山腳的荒草堆裡，在秋月下坐著談話驅除睡意，直到月落天明。

天色大亮以後，我們發現上岸的地方就在一處絕壁下，四周非常荒涼，看不到人家。我和父親叫其他的人守著行李和一壺開水，在原地等待救援。兩個人帶了一壺廈門老酒做飲料，出發去求援。

我們沿著海灘前進。一邊是海，一邊是陡立的山壁，滿山是野草和灌木林。四周寂靜，沒有人聲。我們走了兩個多小時，仍然看不到一戶人家，心裡有些著急。兩個人又累又渴，就坐在海灘一塊大石頭上喝老酒休息。

我向前遠眺，看見海灘的那一頭有一隻小豬，就指給父親看。

父親跳了起來說：「有豬就有人家！快去追那隻豬！」

我們在海灘上奔跑，因為距離那隻豬太遠，所以並沒有驚動牠。等到走近了，那隻豬仍然滿不在乎的，並不走避。我只好撿起幾塊石頭，扔過去打豬。牠身上挨了一下石頭，這才拔腿向山腳奔跑。我們一路追下去，終於找到了一戶人家。主人給我們水喝，安排我們去見駐軍，一家人也得救了。

多少年來，我一直忘不了父親所說的「有豬就有人家」那句話。現代都市裡，在公寓裡養豬是一件不可想像的事情。但是在農村，家家戶戶都養豬，這早成為農家的條件之一。「有豬就有人家」，一點兒也不錯。

豬，如果是一個象徵，那麼牠所代表的應該是殷實的家計，安和的社會。從經濟而不是從美的觀點來看，豬實在是「家的殷實」和「殷實的家」的象徵。豬的渾圓、肥胖、富態的形象，確實很能給人「豐足」的感覺。

豬是重要的家畜。無論東方農家或是西方農家，都知道豬的重要。不過，跟其他家畜相比，豬是家畜中最具有「蔬菜」性質的。農人養豬，實在跟種菜相差不多：把牠養大了，然後吃了牠。其他的家畜，有的能幫助農人做事，能節省農人的勞力，有的能生產，只有豬是例外。

就拿雞鴨牛羊貓狗豬這七種家畜來做比較吧。貓捉老鼠的本領比農人強，狗看門守夜比農人警醒，這兩種家畜有代替農人做事的本領。雞是農家的鬧鐘，又能生產雞蛋。鴨雖然不司晨，可是也能生產鴨蛋。雞鴨像是果樹。牛能節省農人勞力，又能生產牛奶。羊雖然不能替農人做什麼，但是也生產羊奶。牛羊也像果樹。只有豬，不能代替農人做事，不能節省農人的勞力，「豬奶」又不被認為是美味的飲料，因此農人養豬就只為了吃牠的身體，這不是很像種菜嗎？一種「葷菜」！一種「植物家畜」！

我想，大概就是為了這個緣故，農人跟豬，彼此沒有什麼交往，因此也就沒有什麼感情，只把豬看成「會走動的蔬菜」，完全忽略了牠的靈性。西方的百科全書替豬鳴不平，說：豬的智慧排名第九，遠超過馬、牛、羊。

我國的農人，因為豬在「以自己的肉身報答農人養育之恩」以前，對農人毫無貢獻，所以喜歡用豬來做「好吃懶做」的象徵。西方人對於吃得毫無節制的人有壞印象，往往形容那個人「吃起來像隻豬」。其實，無論哪一種家畜都得吃東西，農人所以討厭豬，實在是因為豬在農家所扮演的是一個「閒人」的角色。那「袖手旁觀」的態度，大大激怒了勤奮的農人。農人常常拿豬來出氣。

那麼，農人為什麼不乾脆停止養豬呢？這當然不行，因為所有的農人都知道養豬是一種利息豐厚的積蓄。豬是很有經濟價值的家畜，怎麼可以隨便放棄？農人養豬，等於把自己的剩餘勞力存進一家好銀行。豬是農家的小銀行，牠吸收農家的剩餘勞力、剩餘食物，轉化成「利息」。牠不是不工作。牠以卓越的營養吸收力在自己的身上工作，把農家剩餘的時間和剩餘的食物轉化成生產，產生了利益。農人實在應該感激。牠使農家沒有一絲浪費。牠雖然不代表勤奮，但是牠代表農家的另一種可貴精神：節儉致富！

豬把農家無所事事的閒暇，不再新鮮的食物，一一變成黃金。這貢獻還不夠大嗎？農人實在不該拿豬來出氣。農人應該用對待農民銀行的態度來對待豬。

談到銀行，就想起一件有意思的事情來。那就是西方社會把我們中國人所說的撲滿，做成豬的形象，叫它「小豬銀行」。這個習俗，使豬成為銀行的象徵。

這一、二十年來，這「小豬銀行」的玩具撲滿，在我們的社會上很受歡迎。這件事，無形中逐漸改變了我們對豬的印象。從前，豬給我們的印象是又髒又醜，又笨又懶。「小豬銀行」竟使我們覺得豬很美，很可愛。

美術設計師把撲滿小豬塑造成「笑咪咪」的模樣，眼神像彌勒佛，給人一種幸福、滿足的印象。我每次看見這種撲滿小豬，就會聯想到一群男孩子當中那個挺有活力的小胖子。牠的眼神，特別是那眉開眼笑的樣子，卻使我想起童年時代我的一位慈祥的女性長輩。這幾年來，因為「小豬銀行」的緣故，我對豬的印象有了很大的改變。我發現了豬的種種好處，漸漸背離了「罵豬」的民間傳統，賦予豬新的性格，深深感覺到豬有許多美德，值得我們學習。

我認為豬的第一個美德是好脾氣。這是和諧社會的基礎。豬的好脾氣，使豬成為和諧的象徵。我們對於「暴戾之氣」都有惡感，但是我們很少留意「暴戾之氣」是由個體和個體彼此的壞脾氣激盪成的。一次脾氣的發作，等於在人心中埋下一顆暴戾的小炸彈。壞脾氣的不斷發作，早晚會引爆出一股暴戾之氣，釀成災禍。消除暴戾之氣，只有靠好脾氣。這一點，我們就得承認豬有優越的表現。

你永遠無法要求一個壞脾氣的人保持良好的服務態度。在現代社會裡，有好多職業都要求從業人員要有好脾氣。好脾氣幾乎成為求職條件之一。我被貓抓過，被狗咬過，被憤怒的牛追逐過，甚至被馬「咬」過一口，但是從來沒受過豬的攻擊。

豬幾乎從來不攻擊其他動物，對於其他動物的攻擊，反應也不熱烈——一副懶得還手的樣子。這種好脾氣，或者說，沒脾氣，是祥和社會的主要基礎。

年長者常常說：「我現在已經一點脾氣也沒有了，由此可見我已經老了。」事實正好相反。從心理學的觀點來看，沒脾氣是心理健康的自然表現，脾氣大卻是衰弱的表徵。因此，沒脾氣反而是智慧長者的美質。當然，豬給人的不是「充滿銳氣」的印象，不過好脾氣跟銳氣也並不衝突。我們都見過自強不息又謙恭有禮的君子。希特勒曾經被人形容為比拿破崙更具有銳氣、殺氣，但是因為身體敗壞，心理不健全，沒法勝任繁劇，所以脾氣也很大。

這幾年來，因為「小豬銀行」的流行，在兒童玩具的世界裡，豬玩具也顯得多采多姿。我很佩服美術設計師對美化豬形象所做的貢獻，尤其是在「豬的笑容」方面所做的經營。我覺得我們應該把彌勒佛的超凡氣質賦予豬，使牠也成為對人類心靈修養具有啟發作用的可愛動物形象。

多年來，我們在民主運作方面所表現的進步和成就，是令人刮目相看的。在這期間，一個重要的角色出現了，那就是「批評」。怎麼批評和怎麼接受批評，成為我們應該學習的重要課題。

有些批評，內容十分瘦小，卻穿上又大又刺目的「辱罵的袍子」。有些批評，內容十分具體可行，偏又愛找便宜，非順便進行一點人身攻擊不過癮。有些批評，給人「怒不可遏」的印象，卻完全是捕風捉影，等於是情緒的發洩。

在接受批評方面，有的是別人的話還沒說完——就已經開始為自己辯護；有的是一聽到批評，也不顧那批評有多荒謬，一味的唯唯稱是；有的是一受到批評就勃然大怒，缺乏對批評做冷靜分析的耐性，自己對了的無暇做解釋，自己錯了的一律不肯改。

民主的運作，基本條件要靠「人」的度量和耐心。西方人常形容民主是「某一種妥協」，這真是陳義過低的民主。民主的運作雖然難免會有「某一種妥協」的必要過程，但是它的最高指標應該是「對群體最大利益的冷靜推敲」。「人」要做到這一點，就得有度量，有耐心。度量和耐心，要以心理健康為基礎；也就是說，度量和耐心完全建立在「好脾氣」的基礎上。因為這個緣故，我也把好脾氣的豬看成民主的象徵。

當然，賦予象徵民主的豬一個美好形象，還要靠美術設計師的努力。理想中的這隻豬的形象，除了肥肥圓圓不激動敵意的富態身材以外，還應該是含笑的，慈眉善目的，眼神中閃耀著幽默感的。那位美術家，最好能設計得令人只看了那可愛形象一眼，就能感悟到什麼是代表人類最高理性表現的民主。

善良的人都應該善待動物，善待家畜，包括善待豬在內。尤其是，在我們發現豬具有種種對人類心靈修養十分有益的美質以後，我們對於豬這種動物更應該加以愛護，給牠公平的待遇。

歧視豬的偏見時代，已經完全過去了。但願幾年以後，凡是用「你是豬」來罵人的，也像用「你是天鵝」來罵人一樣，會給人莫名其妙的感覺。

龐大的朋友

瑋瑋把臺北市立動物園裡那兩隻駱駝看作她的朋友。她常常拿動物園小山坡上的青草去餵駱駝，讓駱駝「在她手上吃東西」。「我那兩隻駱駝！」她說。

她對駱駝的讚美是：「真像一個人！」我可以從她眼中流露的感動，知道她真正想說的是：「生命真是奇妙！」

小孩子在動物園裡可以學到的東西很多，其中最珍貴的，就是對「生命」的認識。人跟動物都是「動物」，彼此有一點最相像，那就是大家的身體裡都有一個可愛的生命。

我也是。我一看到駱駝，就會想到我自己，儘管駱駝並不上班。我在辦公室裡看到一位訪客光臨，我身體裡就會有一樣東西，讓我滿心高興的趕快站起來，走過去迎接。駱駝也是。駱駝一看到我跟瑋瑋站在柵欄邊，就會高高興興的走過來，伸長了牠那特別容易伸長的脖子，跟我們親熱。可見駱駝的身體裡，也有跟我們相同的那樣東西。我甚至相信，讓我走過去的跟讓駱駝走過來的，根本就是同一個東西！我跟駱駝的不同，只不過是種族的不同罷了。

瑋瑋的眼中流露著對駱駝的讚嘆，那是我能夠了解的。如果有一天，我聽到紙盒裡的一條蠶說：「我這裡一片桑葉也沒有，肚子好餓！」我也會發出同樣的讚嘆。這條蠶太像一個人了。如果我問這條蠶：「你餓了多久啦？」而牠回答說：「四個鐘頭啦！」我會發出更大的讚嘆。

駱駝對許多事情的反應，實在太「合情合理」了。牠看見小孩子來看牠，就會走過來打個招呼。牠看見小孩子要請客，就會伸長脖子來領受。駱駝不是「人」是什麼？

在瑋瑋的心目中，駱駝是一隻「最大的狗」，大到超出她所敢盼望的。她第一次看到駱駝，簡直嚇住了，說不出一句話來。她知道那不是「機器」，那是活的東西，也是「一種狗」，一種「駱駝狗」，或者「狗駱駝」。這種狗有五十隻狗那麼大。

如果這隻駱駝是不受管束的「野人駱駝」，瑋瑋第一眼看到牠，一定會掉頭就逃。瑋瑋夜裡會做很不好的夢，夢見她自己在一條沒有盡頭的公路上奔跑，駱駝在後頭不分日夜的追著要吃她。但是在動物園裡，這隻駱駝是「出不來」的。瑋瑋可以安心的看，像看一個巨人關在鐵籠子裡。

她第一次看到駱駝，會有什麼樣的感覺？這是我可以想像出來的。這就像我看到一隻像西北航空公司的班機那麼大的蜻蜓，就像我看到一朵像降落傘那麼大的荷花，就像我看到波濤洶湧像海那麼大的池塘。

對每一個小孩子來說，世界上最可愛的「大」，是「大」加上「馴服」的那種「大」。單純的「大」會使小孩子感到震驚。馴服的「大」使小孩子覺得自己超越了「大」，能控制那「大」，心裡就有了喜悅。小孩子都喜歡百貨公司玩具部的布熊，那是因為會咬人的熊做成玩具就不再咬人了。不過，如果不是父母親一再的說「太占地方」，小孩子最喜歡的實在還是賣得很貴，尤甚是比小孩子的身體還大一倍的那一隻最大的布熊。

瑋瑋小時候，我給她講巨人的故事。我形容巨人有多麼大的時候，她聽了非常吃驚。我講到巨人哭的時候，她聽了就放心的笑了。會哭的巨人就像玩具部那隻龐大無害的比兩個小孩子還大的大布熊，就像動物園裡「出不來」的駱駝。

我出生在沒有沙漠的中國南方，不容易看到駱駝。小時候，有一次，很難得的看到一個趕駱駝的人拉著一隻駱駝在街上走。街道兩邊的店鋪跟住家，都大喊大叫的把自己的孩子集合在門前來「受教育」。我是過路的小孩子，第一次看到駱駝完全是運氣，並沒有父母在身邊指導，所以不能算是「家庭教育」。但是我覺得自己像一個歷險的神童看到了一隻恐龍，回家的時候因為興奮幾乎喪失了語言機能，結結巴巴的大聲向一家人報告：「我看到一隻真的駱駝！」

駱駝是很醜的，是很不漂亮的動物。我每次看到駱駝，總以為牠有病，正在掉毛。牠身上的毛，像荒地的野草，這裡一堆，那裡一堆，稀疏零落，遮蓋不住那一層難看的駱駝皮。牠像一個理髮理一半的人有事走出理髮廳。

牠的腳很大，很厚，像郵局裡那圓形的郵戳，也像一個沾滿灰土的髒包子。科學家對那四隻難看的腳有個說明：那是駱駝的祖先為了避免四腳陷進細軟的沙裡才這麼安排的。

駱駝的小腿很細，細得特別難看，細得像「甘地」的腿。我想這又是駱駝祖先的安排。那小腿細得幾乎只剩骨頭，光滑得只剩一層皮。這種「結構」能減少風的阻力，而且避免地面上亂七八糟的東西絆住牠的腿。我的意見是，牠把小腿的肉都讓給肥美豐厚的「駝掌」了。這是一種「不超出預算」的轉移。

駱駝是喜歡跪拜的動物，所以牠的膝蓋不但肉多，而且有一層又粗又厚又起皺的皮。科學家說，那是牠下跪的「跪墊」。跪墊固然很實用，但是又使駱駝在膝蓋方面寫下了一個紀錄：全世界最難看的膝蓋。有一位不莊重的朋友說，駱駝的膝蓋最叫怕老婆的丈夫羨慕，那種膝蓋就是跪三天三夜的算盤也不算一回事。

駱駝的頭部還算英俊。牠的眼睛是「驕傲」的，因為牠的雙眼幾乎是長在額頭上。其實在平坦的沙漠裡，眼睛長高一點是有好處的。牠可以比誰都看得遠。難看的是駱駝的鼻子，那肉，可以由駱駝的意志來操縱控制。我的意思是，駱駝媽媽可以對小駱駝發出這種不近情理的命令：「快閉上你的鼻子！」沙漠裡有可怕的大風沙。駱駝如果不懂得閉上鼻子，駱駝的肺就要變成沙袋了。

瑋瑋喜歡動物園裡那兩隻厚道善良的駱駝，是因為那兩隻駱駝對人的心意有感應。那隻駱駝只要看到柵欄邊有人，就會走過來跟人親近親近。在非洲跟近東地方，駱駝是農人的助手，通常跟農人一起在田裡工作，所以駱駝跟人是不陌生的。

兩年前我第一次帶瑋瑋去看駱駝，瑋瑋對那「恐龍」有點兒怕怕。駱駝當時正好站在自己的宿舍門前，也並不怎麼想過來。我彎腰拔了幾棵青草，拿在手裡搖晃著，說：「駱駝，請過來一下兒！」

其中的一隻駱駝，擺出「好吧」的神氣，懶散的走了過來。另外一隻不理我的駱駝，一看到朋友有了行動，忽然快步跑了過來，把朋友擠開，搶先吃了我手裡的青草。瑋瑋對這兩個有感應能力的大朋友發生了興趣。從此以後，她就成為熱心的動物園遊客，心甘情願的用自己的壓歲錢在售票口買一張「看駱駝的門票」。她給兩隻駱駝取了名。性情和順的那一隻，名是「駱駝」。對自己的同伴不大講理的那一隻，名也叫「駱駝」。

駱駝不懂得微積分，但是牠照樣可以跟數學很好的人有基本的交往。這件事情使我發生了很大的興趣。我認為所有動物之間，都有一種基本的心意感應。這個基本的心意感應，使善意的傳達成為可能。人類社會並沒好好兒的運用這個「心意感應」來傳達善意，反而大量運用它來傳達偏見，傳達不佳的情緒。

我最覺得驚奇的，是駱駝跟小孩子之間竟可以有友誼存在。這友誼，就建立在基本的心意感應上。在駱駝那一方面，牠純真得像一位君子。牠「平等」的接受任何人對牠表示的善意。在小孩子這一方面，意義就更豐富了。小孩子會覺得駱駝特別喜歡他，會認為駱駝認識他，會特別愛惜這一份珍貴的友誼。孩子會想念駱駝。孩子獲得的，比駱駝更多。人類如果懂得跟「善意」親近，所獲得的一定比一切動物更多，更豐富。

每次我聽到瑋瑋說：「能不能陪我去看駱駝？」

我心裡總是非常願意非常願意的，因為我實在也很想回去「上課」。

小烏龜的喜悅

琪琪的同事送給她兩隻烏龜。那位同事家裡養了不少烏龜，因為飼養得法，數目增加得快，因此，為送烏龜所費的心力比養烏龜多得多。

兩隻烏龜都不大。大的一隻看起來只有北方館子裡的餡兒餅那麼大。小的一隻更小。

琪琪舉起裝了一點水的塑膠袋說：「晚上先讓牠在塑膠袋裡過夜。」她心裡已經有了自己的安排。「明天再幫牠找個固定的地方。」

看到這種古老的動物，我心中充滿好奇。科學家都把烏龜和恐龍看成老一輩的動物。牠們都是十幾億年前地球上的活躍分子。恐龍成了化石，烏龜卻進入了現代家庭，還能使許多小孩子為了牠而忘了電視機。看到小孩子在受冷落的電視機旁邊玩烏龜，我就擔心電視機有一天也會變成化石。

我念小學一年級的時候，每天要帶石板上學，在石板上練習寫字。烏龜的殼比那石板古老得多。四千年前，我們的古人就在龜甲上刻字，留下了可愛的甲骨文。

這兩隻烏龜雖然還是小孩子，但是一想起牠們是動物世界裡最古老的族類之一，我心中便湧起一片敬意，就像面對長輩。

第二天，琪琪買回來一個塑膠盆，在盆裡淺淺的放了一點水。她把兩隻烏龜放在盆裡。「這就是牠的家。」她說。

我提醒她，兩隻烏龜已經一天沒吃東西了。

「這是烏龜耶。」她笑著說。

我知道她的意思：烏龜是可以在惡劣條件下生存的動物。餓一、兩頓，甚至餓一、兩天，烏龜根本不會放在心上。

我覺得有道理。不只是烏龜，所有的動物，包括我自己，都是只要有食物就能生存。我在忙碌的時候，也會忘了吃飯。這幾乎跟餓死毫無關係。一天吃三頓飯，是人類才有的精緻文化。人類為了要過合作生活，不得不有統一的工作時間。有了統一的工作時間，就不能沒有統一的吃飯時間。如果人類堅持「餓了才吃飯」的原則，一天裡的任何時刻都有人離開工作崗位去吃飯，合作生活就過不下去了。在不飢餓的狀態下每天進食三次，在已開發國家中，實質上是為了享受人生。我們在餐桌上擺花兒，而且用最精緻的餐具，只吃一點兒東西。

又過了一天，琪琪帶回來一塊金字塔形的大理石，石質很精緻。「這是讓烏龜有點兒運動。」她說。

她的意思是：烏龜不能整天把半個身子泡在水裡，有時候也該到「陸地」上走走。

一切生命都應該受尊重。生命是具有喜感的。「生命」的同義語幾乎就是「喜悅」。我們看到的小雞、小鴨、小狗、小貓，都會有「充滿喜感的小絨球兒」的印象。這種充滿喜感的小絨球兒令我們覺得開心。從基督教的觀點來看，天地萬物、一切生命，都是上帝創造活動的產物。創造是因為喜悅，也帶來喜悅。

從人類的觀點來看，像烏龜這種事實上並不簡單的簡單動物的生存，似乎毫無意義。烏龜下卵，卵孵化成烏龜，固然是生生不息，可是又為了什麼？

為什麼？難道不是因為烏龜本身就代表生命的喜悅？烏龜活著，就為了追求那生存的喜悅。烏龜爬向陽光晒暖了的沙灘，追求的就是生存的喜悅。烏龜爬向水邊去享受水的滋潤，追求的也是生存的喜悅。

能爬才能追求，所以烏龜需要運動。在烏龜居住的水盆裡，放一塊可以爬的石頭，是一件很有意思的事情。到了第三天，琪琪才為兩隻烏龜安排食物。

我以為琪琪會先去查百科全書，然後再為烏龜尋找食物。可是我沒猜對。她不必到郊外或者山林中的池塘去為烏龜尋找天然食物，也不必到菜市場去買。她直接到水族寵物店去買一桶烏龜吃的飼料，那是一種能漂浮在水面上的漂浮飼料。這就是現代人追求喜悅的唯一方式——購買，或者付費。

人類社會的細密分工，使我微微感到有些失意。我在一位朋友的辦公室裡見過一玻璃箱出色的熱帶魚。我很高興的向他請教養熱帶魚的方法。他的回答很使我驚訝。「這是租的，我連每月租金多少錢都不很清楚。他們會定期派人來照料，我哪兒有那麼多的時間。」他說。

現代人要養烏龜似乎很簡單，先買烏龜，然後買盆，然後買石頭，然後買調配好的飼料。他只要買。

也許不久的將來，還會有更完美的產品。一個喜歡烏龜的人，可以付錢為客廳的一角購買一組「烏龜生態景觀」，有石頭，有青苔，有蕨類植物，有小沙灘，有小池塘，有紫外線照射燈，連烏龜都配備好了。然後，他向寵物店繳費，請他們排好日期來照料。

在更遠的將來，連烏龜都不必是真的。我們可以隨意挑選可以亂真的不同年齡的假烏龜。假烏龜的行動完全由電腦控制。烏龜可以爬上沙灘，可以滑進池裡。只要設計好了程式，你要烏龜的活動在一年裡有三百六十五又四分之一種變化，都沒有什麼問題。那時候，人類儘管不會有什麼損失，不過卻要失去了跟真正的動物親近的機會，再也無法感受到那種單純的生存的喜悅。這種損失，會嚴重威脅到我們對生存喜悅的感受力。我們的心靈，也會因此陷入極端的孤寂。

但是琪琪並沒有令我失望。雖然她工作很忙，仍然沒忘了為兩隻烏龜換清水，仍然有計畫的為兩隻烏龜撒漂浮飼料。

盆子放在前廊。兩隻烏龜每天上午可以享受一刻陽光。前廊的空氣是清新的，而且廊下有些花樹，兩隻烏龜不會有被囚禁的感覺。

有兩個活活潑潑的生命加入我們的生活，當然也給我帶來了喜悅，也讓我有機會跟動物親近，感受牠的生存喜悅。我開始觀察這兩隻烏龜。

那隻大一點的烏龜，渾身充滿了活力。小一點的烏龜，十分文靜。每一次，我撥開通往前廊的落地窗，總會聽到一聲濺水聲。我趕緊看看水盆，水面上總有圈圈漣漪。這件事使我湧起好奇。

有一次，我事先把落地窗撥開一道縫，準備好好的觀察觀察。我看到的是，那一隻大一點的烏龜，很喜歡爬到那塊石頭上去玩，而且一逗留就是半天。只要我動手撥開落地窗，不知道是聽到門聲還是看到了我的身影，牠就會立刻讓自己跌落水裡，濺起水花。就是在水裡，牠也仍然活動個不停，四腳亂划。這真是一雙少見的烏龜。我向太太發表我的感想：「妳見過這麼活潑的烏龜嗎？」我為這隻烏龜取了一個外號——「麻雀」。

為了這隻烏龜，我去看書。烏龜專家告訴我，活潑的烏龜並不稀奇。生長在大自然裡的烏龜還會疊羅漢。令我難過的是，專家說，我們在寵物店裡買來的烏龜，有許多都受過嚴重的傷害，或者，沒有好好兒的加以保護。

烏龜的壽命都很長。長壽的烏龜跟人一樣，可以活到百歲。不過，烏龜的另一個特性是很能忍受病痛的折磨，身上帶病帶傷也能活好幾年。

那麼，另外一隻文靜的烏龜，會不會是帶病帶傷的呢？烏龜本來就是沉默的動物，不過大家總是忘了這件事。一隻烏龜如果還會給人沉默的感覺，那真是沉默裡的沉默，格外令人愛憐了。

看到「麻雀」的活蹦亂跳，我相信牠不只是健康，而且是十分快樂。我國古代思想家莊子，看到水中的游魚，體會到「魚之樂」。「魚之樂」就是魚生存的喜悅。我相信「麻雀」也使我體會到「龜之樂」。「龜之樂」也就是烏龜的生存喜悅。

對於宇宙形成的原因的原因的原因，對於宇宙的外面的外面的外面，對於生命的起源的起源的起源，我們所知道的不多。但是，我們生命中都有一種單純的生存的喜悅。我們應該珍惜這喜悅。

我們應該像「麻雀」一樣渾身洋溢著「龜之樂」，不要忘了我們也有我們的一份權利——生存的喜悅。

蠶的人口大爆炸

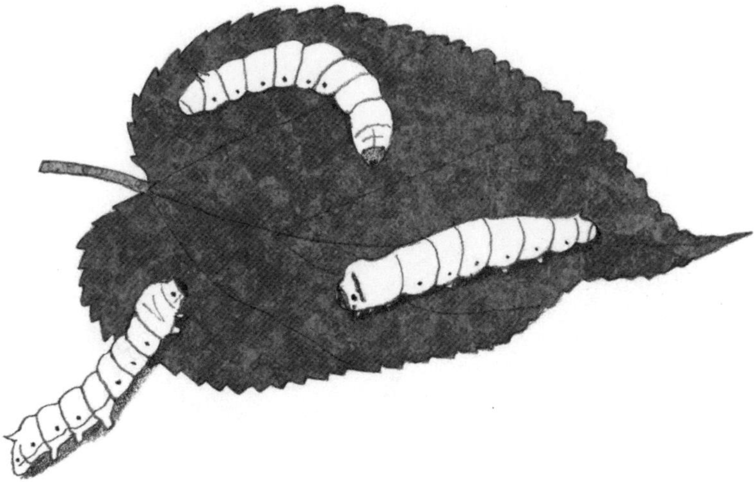

大家都覺得瑋瑋養蠶是對的。養蠶是小學生活的一部分。我還記得自己小學時代每天帶著一紙盒蠶去上學的情景。在養蠶季節，重視榮譽的小學生，隨身都帶著一盒出色的蠶，肥大的蠶臥在翠綠的桑葉上，像白色肥圓的哈巴狗懶懶的躺臥在綠色的地毯上。

上三年級那一年，在養蠶的季節，有一天下午，她單手托著一片桑葉回家，那桑葉上爬著三隻小小的蠶。那是她自己花錢買的。那三隻蟲子，大概是五毛錢，或者一塊錢。我小時候在家鄉也買過蠶，但是我從來不知道「蠶店」在哪裡。一個小學生如果有心買蠶，他只要稍稍吐露心聲，自然會有同學來幫忙。第二天，「貨」就到了，買主只要付款就是了。我記得從來沒付過訂金。我後悔的是，小時候心中只有蠶，只對「自然」發生興趣，不喜歡研究「社會」，所以至今還是不知道蠶從哪裡來。

我很認真的問瑋瑋：「賣蠶的小店在什麼地方？」

她覺得我的問題很好笑。她說：「不是小店，是同學。」回答完了以後，她還是覺得問題很好笑，特地把我這個好笑的問題轉告她的姊姊，而且下結論說：「笑死我啦！」她的意思是，真虧我想得出「賣蠶的小店」這幅圖畫來。

蠶從哪裡來？蠶從同學的掌中來。

瑋瑋把蠶放在小書桌上，觀察了一陣子，然後抽出書包裡的筆記本來寫生字。三隻小蠶成為她的伴讀愛物。對一個小學生來說，做功課能有三隻小蠶伴讀，真是無比的幸福。她一定是把那三隻小蠶，看成三隻可愛的波斯貓。

晚飯桌上，她不停的談論她的蠶、同學的蠶。她回顧日間發生的一切。可是對「媽媽」來說，她對未來的日子必須有一個展望。那展望使「媽媽」心驚。

果然瑋瑋說話了，「媽，明天能不能幫我找幾片桑葉？」

如果是我，在買蠶的時候就會想到桑葉的來源，想到未來的糧食供應問題。這會給「媽媽」增加多大的負荷！要是有一種桑葉供應公司就好了。我們可以去訂購桑葉，每天兩張，像訂閱報紙。每天早晨，我可以在信箱裡找到一個塑膠袋，裡面裝了兩片鮮嫩的桑葉。或者，有一種「育蠶院」，那麼我就可以讓瑋瑋的三隻蠶去住院，每星期六下午再帶瑋瑋去接三個小東西回來度週末。或者，最少有一條街叫作「桑樹街」，街道兩邊的行道樹，種的都是可愛的桑樹。既然這一切都不可能，摘桑葉就成了「媽媽」每天的工作了。她每天除了上班以外，還要準備三餐，照顧三個孩子和三隻蠶。

我問瑋瑋：「三隻蠶能不能退？」

瑋瑋說：「不能啊！這是我的蠶。」

一想起「媽媽」的辛勞，我真希望窗外颳起一陣風，吹走瑋瑋書桌上那一片有三個乘客的桑葉。

媽媽每天下班，都要繞道去拜訪種桑人家。她觀察過附近人家牆頭上的樹梢，記住了地點，然後逐日輪流去按電鈴，自我介紹，說明來意，然後在家犬的怒目注視下，戰戰兢兢的去摘幾片桑葉。一家不能連續去兩次，因為那太打擾人家了。

有一次，她到一家種桑人家去按電鈴，出來開門的是一個女孩子。母親在屋裡用懶散的拉長了的聲音，滿含慈愛和威嚴的問：「是誰來啦？」

女孩子高聲回答說：「那個要桑葉的太太又來了。」

我真想替「媽媽」去奔走。也許我可以自我介紹，說：「我是一個養蠶的孩子的父親……」

「媽媽」笑了笑。她不相信我辦得好這種事情。

每次我聽到瑋瑋埋怨：「媽，妳又忘了帶桑葉回家了。妳看，蠶餓得都挺直身子立起來了。」

我就會回答說：「帶桑葉太辛苦了。」

瑋瑋出色的回答使我心驚：「養蠶不能怕辛苦。」

她已經把責任過渡給「媽媽」了。她只管輔導。

更使我心驚的是，有一天瑋瑋又帶回一片大桑葉，那桑葉上爬著五隻蠶。她下決心要大量生產。

我新買了一件襯衫，裝襯衫的紙盒成了瑋瑋的「牧場」。盒底鋪著桑葉，桑葉上爬著八隻出色的蠶。綠綠的桑葉吃進蠶的肚子裡，化成蠶身上白白的肉。

有一天，我看見瑋瑋在找一個合適的小紙盒。我不問她做什麼用，很內行的遞給了她一個。上一代的往事，又要在她身上重演。第二天早上，她在小紙盒裡鋪好桑葉，然後在「牧場」裡選了兩隻最肥最圓最充滿活力的蠶，帶到學校去了。那是我童年也做過的「榮譽的展示」。肥大的蠶的軀體，會引起同學的歡呼。

「像一條豬腸！」這是最高的讚美。腸，是指小腸。

在學校裡的蠶的博覽會上，瑋瑋的成績一定不錯，因為她回到家裡以後，一直在談論有些同學所養的蠶。「瘦得只剩骨頭」，「細得像一根筷子」。

蠶經過頭眠、二眠、三眠、大眠以後，開始吐絲，造繭，變成蛹，變成蛾，然後剪破蠶繭，出來活動。瑋瑋觀察這些變化，心中充滿驚奇。蠶的生命史，在我的童年，曾經給我重大的啟示。我不斷的問自己：「這怎麼可能？」我也不斷告訴自己：「你親眼看到了。」然後，我狂野的思想逐漸變得馴服了。我心中湧起敬畏。

那八隻蠶蛾裡有三隻是蛾媽媽。幾天以後，襯衫紙盒裡遍布蠶卵。我相信，關於養蠶的知識，仍然像我童年一樣，在教室裡進行著口頭的傳播。不必經過任何指導，瑋瑋把那盒蠶卵放在縫衣機下面的鐵踏板上，那裡又乾燥，又通風。

她說：「明年春天，你們就有許多蠶！」

她要把她的成績，獻給這個家。

第二年春雷響，家裡遭遇到一次驚人的「蠶的人口爆炸」。那個已經被人遺忘的襯衫紙盒，成為「生命的紙盒」，整個紙盒裡蠕動著蠶的第二代。

我有些擔憂。如果把所有的蠶都養下來，「媽媽」每天就得挑一擔桑葉回家。如果「媽媽」有一天忘了，所有的蠶都會撅起身子，把頭舉得高高的聯合起來舉行反飢餓大會。我彷彿聽得見蠶群的呼喊：

「我們要桑葉！我們要桑葉！」

瑋瑋邀我去參觀那個可怕的「育嬰室」，問我：「怎麼樣？」

我的感想只有兩個字：「不行！」

我的擔憂是多餘的。「放心，」她說：「只要留種就夠了。」

我明白她的意思。她懂得處理這樣的事。我確實應該放心。從那一年起，我們家裡就沒斷過蠶。有一條無形的蠶絲，穿過家的史冊，連續不斷。

現在，後院已經有了兩盆桑葉。那是家裡那些長期住客的糧食。瑋瑋也成為養蠶的國中生。

桑葉是很美的。兩盆桑葉跟別的盆栽放在一起，特別顯出一種高雅瀟灑的風度來。細細的枝子，錯落的葉子，確實是不俗的植物。

我有時候也到後院去走走，看看那桑葉，欣賞那清高的氣質。

蠶已經走進了我的生活，因為瑋瑋養蠶。

我心目中的家，除了我，除了「媽媽」，除了三個孩子，除了小狗史努比，除了兩隻巴西小烏龜，除了一對白色小鳥，還應該包括幾隻沉默的蠶。

小麥田

小麥田故事館69

給史努比的信
(《小方舟》創作三十週年經典紀念版)

作　　者　林　良
繪者/封面設計　薛慧瑩
校　　對　呂佳真
責任編輯　汪郁潔

國際版權　吳玲緯
行　　銷　艾青荷　蘇莞婷　黃俊傑
業　　務　李再星　陳紫晴　陳美燕　馮逸華
副總編輯　巫維珍
編輯總監　劉麗真
總 經 理　陳逸瑛
發 行 人　凃玉雲
出　　版　小麥田出版
10483台北市中山區民生東路二段141號5樓
電話:(02)2500-7696
傳真:(02)2500-1967
發　　行　英屬蓋曼群島商家庭傳媒股份有限公司
城邦分公司
10483台北市中山區民生東路二段141號11樓
網址:http://www.cite.com.tw
客服專線:(02)2500-7718|2500-7719
24小時傳真專線:(02)2500-1990|2500-1991
服務時間:週一至週五09:30-12:00|13:30-17:00
劃撥帳號:19863813　戶名:書虫股份有限公司
讀者服務信箱:service@readingclub.com.tw
香港發行所　城邦(香港)出版集團有限公司
香港灣仔駱克道193號東超商業中心1/F
電話:852-2508 6231
傳真:852-2578 9337
馬新發行所　城邦(馬新)出版集團 Cite (M) Sdn Bhd.
41-3, Jalan Radin Anum,
Bandar Baru Sri Petaling,
57000 Kuala Lumpur, Malaysia.
電話:+6(03) 9056 3833
傳真:+6(03) 9057 6622
讀者服務信箱:services@cite.my
麥田部落格　http://ryefield.pixnet.net
印　　刷　前進彩藝有限公司
初　　版　2019年7月
售　　價　280元

ISBN 978-957-8544-14-7
Printed in Taiwan.
本書若有缺頁、破損、裝訂錯誤,請寄回更換。

國家圖書館出版品預行編目資料

給史努比的信(《小方舟》創作三十週年經典紀念版)/林良作. -- 初版. -- 臺北市:小麥田出版:家庭傳媒城邦分公司發行, 2019.07
面; 公分. --(小麥田故事館;69)
ISBN 978-957-8544-14-7(平裝)

859.7　108006023